Cyhoeddwyd gyntaf
yn Saesneg yn 2012,
gan Macmillan Children's Books,
adran o Macmillan Publishers Ltd
20 New Wharf Road, Llundain N1 9RR
dan y teitl *The Pirate House*.
Cyhoeddwyd yn Gymraeg yn 2012
gan Wasg y Dref Wen Cyf.
28 Heol yr Eglwys, Yr Eglwys Newydd,
Caerdydd CF14 2EA
Testun a Lluniau © Rebecca Patterson 2012
Y cyhoeddiad Cymraeg © 2012 Dref Wen Cyf.
Mae Rebecca Patterson wedi datgan ei hawl i gael
eu hadnabod fel awdur a darlunydd
y gwaith hwn yn unol â Deddf Hawlfraint,
Dyluniadau a Phatentau 1988.

Mae'r cyhoeddwr yn cydnabod cefnogaeth ariannol
Cyngor Llyfrau Cymru.
Argraffwyd yn China.

I'r plant yn
Stryd Akeman
R.P.

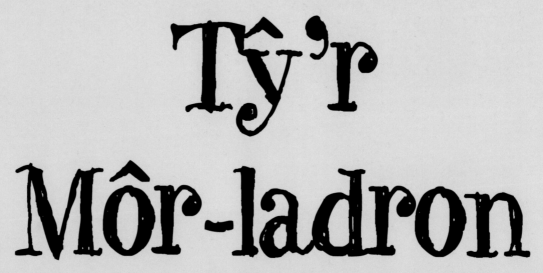

Tŷ'r Môr-ladron

The Pirate House

Rebecca Patterson

Addasiad gan Elin Meek

DREF WEN

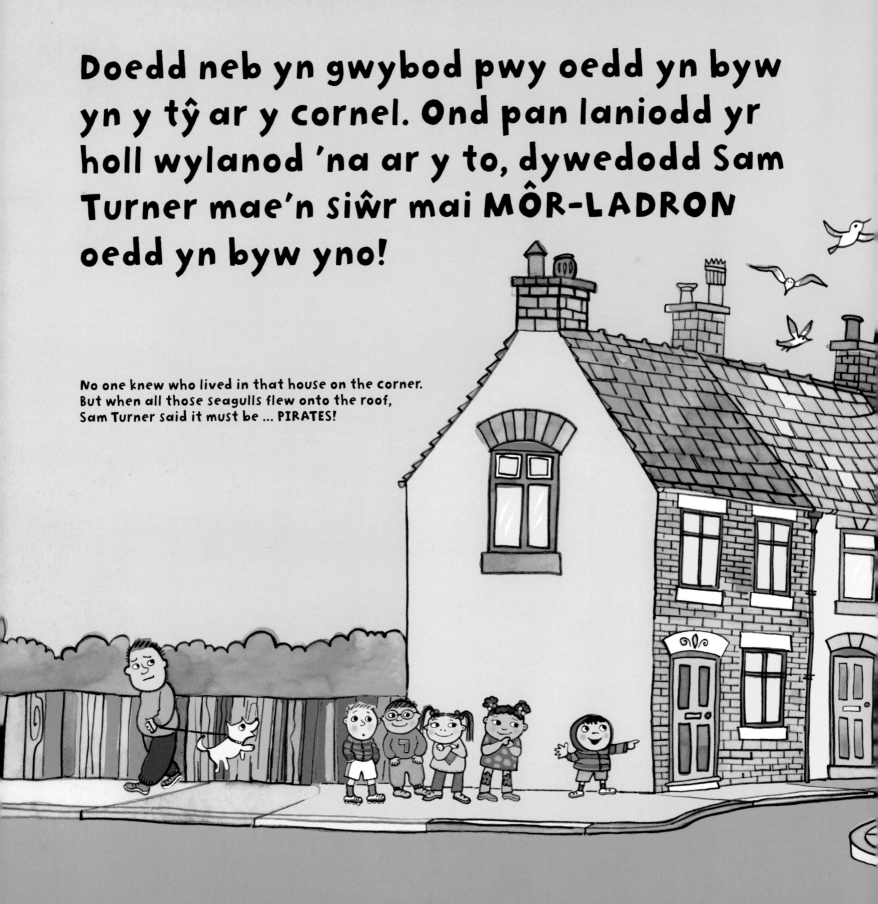

Doedd neb yn gwybod pwy oedd yn byw yn y tŷ ar y cornel. Ond pan laniodd yr holl wylanod 'na ar y to, dywedodd Sam Turner mae'n siŵr mai **MÔR-LADRON** oedd yn byw yno!

No one knew who lived in that house on the corner. But when all those seagulls flew onto the roof, Sam Turner said it must be ... PIRATES!

Ac roedden ni'n GWYBOD mai môr-ladron oedden nhw pan welon ni fod y llanw wedi mynd allan o'u pwll dŵr a bod cragen ac ychydig o AUR ar ôl yn y gwaelod!

And we knew it WAS pirates when we saw the tide had gone out of their pond and there was a shell and some GOLD left in the bottom!

Doedden ni byth yn edrych ar ddillad y môr-ladron ar y lein.

We never looked at the pirate washing.

Petaet ti'n edrych, byddet ti'n troi'n slefren fôr.

If you did you turned into a jellyfish.

Hyd yn oed ar ddiwrnod heulog, roedden ni'n gallu clywed y gwynt yn rhuo y tu mewn i dŷ'r môr-ladron.

Even on a sunny day we could hear the wind howling inside the pirate house.

A dywedodd rhywun fod pysgodyn wedi disgyn o'r blwch llythyrau un tro.

And someone said that once a fish fell out of the letterbox.

Roedd yn rhaid i'r postmon ei bostio'n ôl.

The postman had to post it back.

Mae Sam Turner yn aweud bod y môr yn llenwi'r tŷ yn y nos a'i fod yn TYWYNNU fel sw môr.

Sam Turner says that at night the sea fills the house and it GLOWS like an aquarium.

Ond dyw'r môr-ladron byth yn dod allan. Maen nhw wrthi'n cynnal partïon i fôr-forynion bach ...

But the pirates never come out. They are busy having parties for baby mermaids ...

... ac yn cyfri'r darnau aur sydd ganddyn nhw.

... and counting their gold.

Ddydd Iau diwethaf, dechreuodd drws ffrynt tŷ'r môr-ladron agor ...

Last Thursday, the front door of the pirate house started to open ...

"DALIWCH EICH ANADL! FE DDAW TON ENFAWR O'R TŶ!" gwaeddodd Sam Turner.

Sam Turner shouted, "HOLD YOUR BREATH! A HUGE WAVE WILL COME OUT!"

Felly dalion ni i gyd ein hanadl.

So we all held our breath.

Agorodd y drws ... yn llydan ...

The door opened wider ... and wider ...

Ond nid ton ddaeth allan. Na môr-leidr.

But it wasn't a wave that came out. Or a pirate. It was . . .

... MENYW oedd hi, a dywedodd wrthon ni
am beidio â phwyso ar ei ffens.

... a LADY, and she told us to stop leaning on her fence.

"NID môr-leidr yw hi!" medden ni wrth Sam Turner, ac aethon ni i gyd adref i gael te.

We said to Sam Turner, "That's NOT a pirate!" And we all went home for our teas.

Y diwrnod wedyn rhedodd Sam Turner lawr y stryd gan weiddi, "DDYFALWCH CHI BYTH! Mae ANGENFILOD yn symud i mewn i Rif 2!"

The next day Sam Turner ran up shouting, "GUESS WHAT? There are MONSTERS moving into Number 2!"

Chwarddon ni a dweud wrth Sam Turner,

We laughed and said to Sam Turner,

"Sam, does DIM angenfilod yn symud i mewn i Rif 2, a does DIM môr-ladron yn y tŷ ar y cornel, achos ...

"Sam, there are NO monsters moving into Number 2, and there are NO pirates in that house on the corner, because ...

... **does dim byd BYTH yn digwydd ar ein stryd ni!"**

... nothing EVER happens on our street!"